刘杨泽宇 · 著

行谣

XING YAO

知识产权出版社

全国百佳图书出版单位

责任编辑：文　茜　　　　　　　　责任校对：董志英
封面设计：sun工作室　　　　　　　责任出版：刘译文

图书在版编目（CIP）数据

行谣 / 刘杨泽宇著 . —北京：知识产权出版社，2015. 10
ISBN 978-7-5130-3844-7

Ⅰ.①行… Ⅱ.①刘… Ⅲ.①诗集—中国—当代
Ⅳ.①I227

中国版本图书馆CIP数据核字（2015）第 243228 号

行　谣
Xingyao

刘杨泽宇　著

出版发行：知识产权出版社有限责任公司	网　址：http://www.ipph.cn
社　址：北京市海淀区马甸南村1号（邮编：100088）	天猫旗舰店：http://zscqcbs.tmall.com
责编电话：010 - 82000860 转 8342	责编邮箱：wenqian@cnipr.com
发行电话：010 - 82000860 转 8101/8102	发行传真：010-82000893/82005070/82000270
印　刷：保定市中画美凯印刷有限公司	经　销：各大网上书店、新华书店及相关专业书店
开　本：787 mm× 1092mm 1/32	印　张：6.5
版　次：2015 年 10 月第一版	印　次：2015 年 10 月第一次印刷
字　数：80 千字	定　价：25.00 元
ISBN 978-7-5130-3844-7	

序　言

　　出版社在2015年3月收到《行谣》这本诗集的稿子，作者是一位高中女孩。源于对诗的热爱和崇敬，我都认真阅读和仔细校对了每一首诗，期间也和女孩交流沟通了好多次，从而熟知和走进这位诗意女孩。

　　刘杨泽宇，现就读于西安市铁一中，是校管乐队的队员，一名长笛、短笛演奏选手。她从小爱好音乐、美术、文学，尤其喜欢读书，她的身影时常出现在西安各大书店社会哲学艺术类书籍旁边。徜徉在书海中，她有幸结识了庄子、老子、屈原、陶渊明、三曹等的作品，也拜读了莎士比亚、拜伦、雪莱、歌德、惠特

曼等的诗集。从大师那里汲取营养丰腴自己，
这个女孩逐渐爱上诗歌，爱用诗歌来记录成长
的点点滴滴。

　　翻开这本诗集，沿着诗人的心灵轨迹，
我开始一次青春洋溢的旅程：自然界的花草树
木、鸟语虫鸣、风霜雨雪、晨曦暮霭；生活中
的梦想追求、人生感悟、苦闷彷徨，成长喜悦
都在作者笔端恣意流淌开来。旅程中有欣赏，
有感动，有震撼，有思考，更多的是会心的微
笑。作者从小培养起来的音乐素养和天真烂漫
的性格使得诗行中跃动的灵感与旋律迸发出一
种超然物外的清新感，如《海的梦幻》《旋转
的彩灯》《雨中的呓语》《阳光从叶间滴落》
《冬之旅》等；同时青少年懵懂时期的梦想追
求与未来憧憬使得诗风获得一种在挫折面前奋
发向上的精神力量，一种对生活、生命的美丽
回忆和向往，如《我的舞鞋开始跳舞》《少女
之死》《爱的表白》；而花季少女的叛逆与现

实冲突又使得诗歌获得一种痛苦、忧伤和沉重中的觉醒、思考，一种对身心、思想的放松和临时的解脱，如《囚禁者》《让我们拆掉屋顶》《出逃者》《好一场华丽的舞会》等。她的诗集语言优美，犹如行云流水；内容丰富，囊括物质与精神的各个层面；构思奇特，浪漫与现实交替，很有赏析价值。

在当下日益竞争激烈的社会中，诗歌处于低谷和复苏发展时期，能静下心来写诗和读诗的青年并不多，尤其是像本书作者这样能为之付出心血、敢于燃烧自己的花季少女更是凤毛麟角，实属难能可贵。作为中学生的作品，这本诗集记录了青春成长的浪漫岁月，也反思了当代青少年理想与现实冲突的矛盾问题，给人以生命价值的启示，是一本值得学习和借鉴的诗集。

文茜

2015年9月

目　　录

目　录

云　雀

云雀，亲爱的精灵
再次听到你的歌声
依然是那样甜蜜与欣喜
你的双翼沾着清晨叶间的露珠
在金色的阳光中莹莹生辉

那是你华美的新衣
清澈，灿烂
可在我的眼中却化作莫名的泪光
我感于你的纯洁，天真，一尘不染
你愉快地在云间穿梭
像亲密的恋人般
对我倾诉着一切

行谣

在你悠扬甜美的歌声中
有着对森林万物的爱恋

那是微风
带着花儿微微湿润的芬芳
把这绵长的吻献给晨曦的光芒
阳光便甜美得在晨雾中娇羞地晕开

那是鸣蝉
在正午的林间引吭高歌
真挚而又铿锵
将原本燥热死寂的空气搅碎
掀起一阵阵热烈奔放的浪潮
此起彼伏地在森林间翻涌
仿佛在宣告
我们的生命是有如火山般炽烈绚烂

那是黄昏的荒漠

一片昏沉迷醉的金色中
风沙嘶哑地唱着葬歌
胡杨深情而坚毅地等待雨水
挺拔的身姿久久矗立
高大的树干伸向天空
便能将所有云彩揽入怀中

那是优雅而恬静的湖水
沉浸于对黑夜神秘的眷恋
轻轻荡起涟漪
满目柔波中尽盛着繁星斑斓
月光轻抚石上的青苔
就连山谷间的回音也欢快歌唱
这一切的一切
都在你的歌声中洋溢着爱与博大的欣喜

哦，你这一尘不染的精灵
为什么你那动人的歌声

行 谣

让我这般甜蜜
却又在甜蜜中如此忧伤

我感于你的快乐
仿佛是生来受到上天的祝福
你的歌声从未悲伤
我感于你的博爱
你眼中的万物都拥有彼此
在千万个拥抱中
孤独从未在世间出现

我们是流放的罪人
带着自私与贪婪的烙印
自从踏上了追随欲望的道路
死亡便是对我们唯一的祝福

喜悦夹杂着悲伤
欢笑夹杂着猜疑

为什么不在奔跑中
停下脚步去倾听这一切呢
那样纯粹，那样美好
她将我们逐渐冰冷僵硬的心在爱中融化

我带着羞愧与难言的感动
倾听你最纯净的歌声
我期待并祝福着
将我们的心扉向彼此敞开
信任，关怀与爱
我们由冷漠而至感动
感于你所歌唱的世界
使我们得到救赎

2013年11月17日

致　风

是无处不在的死神

残酷而温柔地收割

白桦尚且碧绿的头发

它将万物的尸体抛向高空

与他们进行最后的舞蹈

它将他们撕成碎片

酿造新一轮生命之酒的芬芳

无形的精灵，快乐的流浪者

孤独的伴侣，生命运行的使者

你带着落叶残存的清香

轻抚我迷茫的脸颊

你用赞颂死亡的歌谣

亲吻我双眼中无云的天空

哦—— 一无所有的自由者
我仿佛听到那束缚我的锁链
在你到来时铛铛作响
去爱我吧,我的朋友
用你竖琴欢欣的哭泣
洗涤我这颗悲愤却苍白迷茫的心

2013年11月21日

一　只　鸟

我不知为何会突然如此不安
焦躁地思索着
却想到你羽毛上稀疏的光影
楼房越盖越高
这里充斥着两足的兽迹
粗鲁地嗅着彼此的气息
在自己的牢房中嘈杂
那是我们无法理解的语言
我感到浑噩的迷茫
我想起你不屑地撇撇嘴喙
在洒满阳光的屋檐下悠闲而愚蠢地跳脚
灰白相间的羽毛
总遭到它们似有似无的鄙夷

然而你却显得如此欣赏这些杰作
仿佛那是狂风所圣临的荣耀

我想起你以可笑的步态
绕着蜘蛛污浊的网行走时的沉思
繁密而杂乱的网
当我好奇地窥探其中时
竟零星看到几点晶莹恬静的露珠
然而它们如此短暂
叶的轻摇便可结束它们的生命

你一向自由，你这丑陋怪异的鸟
不知是对你的思念，抑或是
对自己处境的悲哀
我想起你灰白羽毛上稀疏的光影
我且称你为"我的朋友"
你一向自由
也许我将游走于世界的边缘

行　谣

不，我将游走于世界的边缘
是否会在途中偶遇
再次看到你跳脚的背影
再会吧
也致我自己

2013年11月26日

夏　尔

气的精魂，飘忽不定的美人
你终究带走了落叶
簌簌落下，安魂曲最后的乐章
哦，你终究带走了落叶
蓝灰色的天空，莹莹水眸
渗透着云雾金色的眼泪
参杂烟尘与污秽
翻流着淹没一切

黄昏！黏稠的光芒……
世界仿佛被禁锢于温暖的琥珀
是无形的面具，虚伪与沉沦的舞会
我的天鹅

何处才能寻到你满身泥泞的尸体
那早已干枯的河塘
伴着寒风的嘶鸣与阴惨的星光
到我怀里来吧
我的姐妹，我的引路者
我将用最甜蜜的悲伤
亲吻你残损腐烂的眼眶
行走在冬的臂间

黄昏
世界仿佛被禁锢于温暖的琥珀
——不，我的天鹅
让我来到你的身边
我渴望你眼中的黑暗
阴惨的星光
我渴望破坏与恐惧
死亡与重生
是真实与罪恶，是痛苦与欢欣

你疯癫的身影是我最美的舞蹈

姐妹，恋人

我何曾如此厌恶自己的迷茫与软弱

是什么让我这般魂不守舍

思念你可笑的舞姿

让我来到你的身边

我将在迷雾的森林中

赞美你的一切

2013年12月2日

愉　　悦

云雀的眼中
有千万片晶莹的绿叶
仿佛窥向预言的水晶

空气相互追逐
掀起阳光浅金的柔发
荡起层层涟漪
哦——生命

轻盈的羽毛在你修长的睫毛间舞蹈
钢琴流水般无声的欢笑
便充盈了彼此的心

无形却无处不在的美人
你可感受到我的爱
精神愉悦的共鸣

2013年12月6日

气流从指间穿过

气流从指间穿过

化作千万扑打双翼的白鸟

冲向冰晶雕琢的风铃

撞出女妖清澈的欢笑

你的歌声是花露香甜的芬芳

娇嫩的雪白中藏有蜜蜂真挚的吟唱

你的双眼溢出黑夜缥缈的水雾

幽绿柔和的光芒是萤火虫挑灯将恋人寻找

你修长的手指深入人心

仿佛凶恶无情的毒蛇

撕碎所有腥味的"宁静""温暖"与"美好"

2013年12月14日

美丽的黑发

美丽的黑发
柔软地翻涌
漫上干枯的荒丘
织出无际的海洋
月光漏下零星的轻吟
化作海妖银色的尾鳞

空旷而幽远
缥缈的歌声
指引幽灵的巨船驶向永恒
浪花拍打坚硬的礁石
震碎的威严飞溅着慌乱逃离
变成满天透明的海鸥

行　谣

　　最最黑暗处

　　被遗忘的小丑

　　用骨架奏响嘶哑的提琴

　　目送又一个死者归去

　　贝壳用鲜血累成心脏

　　吐进泥沙

　　死死含着鲛人的眼泪

　　无尽的深渊张开怀抱

　　涌入成千上万时光的飞蛾

　　浩荡的巨浪推着帆船前进

　　海妖跃游追逐

　　癫狂的舞蹈使群星黯淡

　　蛊惑的歌声是夜风的恶灵

　　带着狂暴与愤怒压碎人心

　　黑暗的海洋开满苍白的花朵

　　被施咒的春天

水手们高歌祝酒
无尽的波浪驶向永恒

再会，再会
人们亲热地旋转，拥吻
饮下高脚杯中的污浊与梦幻
再会，再会
巨船的幽灵
死神将舔舐你美丽而空洞的眼珠
当死亡驶向黑暗的尽头
黎明的阳光将如利剑
刺穿你的胸膛
诗人庄严地赞美死亡
唱吧，跳吧
疯狂地享乐吧
我亲爱的傻子们，我的同胞
我们无法脱去罪恶与肮脏的华美衣裙

行 谣

只有时光的流逝可减轻我们的痛苦
死亡便是我们温暖的母亲

2013年12月16日

献给害羞的希望

黄昏，沉金与紫红交织的河流
在光明死亡之际翻滚、灼烧
仿佛诗人在临刑前最后的弗朗明戈

绚烂的热烈犹如爆破的洪流
袭卷了整个天空
毁灭所有的死寂与灰霭
当月色驾着轻盈的小船
提起乌纱的裙摆将这迷人的少女寻觅
哦，黄昏
这流亡的公主用破布遮起自己美丽的金发

行　谣

仓皇躲入黑暗

2013年12月21日

给撒旦的诗

哦，最美丽最高傲的天使
你这贪婪者，反抗者
你迷人的双眸中乃是智慧与才华的光晕
深邃的昏暗中流转着耀眼的沉金
哦——原谅我长期的不幸

你张开白雪般神圣的羽翼
你的美夺走了众神的呼吸
哦——原谅我长期的不幸
你的银羽化作千万利剑
铺天盖地地刺向"爱"与"顺从"
斩断阳光
溅起腥红鲜艳如伊甸园中繁茂的圣果

行　谣

　　哦——原谅我长期的不幸

　　你教人们反抗
　　清晰汹涌的欲望灼烧着
　　燃尽所有见鬼的圣经
　　哦——原谅我长期的不幸

　　自由与酒，你罪恶惊骇的情人
　　无尽缠绵的吻中洋溢着癫狂的诗意
　　哦——原谅我长期的不幸

　　你将地狱的业火带去人间
　　唤醒污浊与昏沉头脑中形影不离的恶娘
　　神性与兽性
　　哦——原谅我长期的不幸

你堕入黑暗

黑暗便变得如此充盈

尸骨与跳跃的鬼火合着你哼鸣的旋律

流水暗涌

你悄然轻抚夜的柔发

你是死亡，你是永恒之美

哦——原谅我长期的不幸

是黎明金光刺穿昼夜的胸膛

血色便染红了天空与海洋的尽头

啊，美丽的凶杀案

她表现着浪漫与无尽的欣喜

我们不情愿地说"爱"

我们不情愿地说"愿意"

我们给天使抓着头发走

却为了不使甜美可爱的蔷薇感到伤心

行　谣

禁锢的语言使我们无从争辩
然而——
主啊，愿我们带着尖利的信仰与枪炮
破坏，毁灭
杀尽所有的神

2013年12月24日

霾

星光厌恶地飞离了

污浊的黑夜

瘴气肆溢

巫妖穿梭在大街小巷

高举着灰白陈旧的蜘蛛网

交错杂糅仿佛张罗着

节日庆典的彩旗

哦——密布的网

发黄残破的婚纱

是哪位遭人遗弃的新娘

披散着枯草般忧怨的长发

无声嘶喊

发泄自己无边的悲愤与无助

行　谣

　　瞧她的样子

　　多么可笑！……却也可怜

　　幼稚而猖狂

　　——被自然所遗弃的新娘

2013年12月25日

海的梦幻

是多变的海妖，水与气的精魄
银白的月光
是你眼眸清澈的水波
荡起黑夜的涟漪上
跳跃着零散的辰星

白天，你恬静地浮出水面
双手凭空弹奏
风便是你亲爱的竖琴
你好奇而纯真地仰望
飞掠而去，海鸥们可爱的身影
竖琴的旋律
是波浪和着阳光明媚的欢笑

　　　鲸鱼是你庆典的巨船

　　　高大的船脊上注满了

　　　蓝紫的闪电与风暴

　　　那是你飘扬的帆

　　　还有海豚的歌声

　　　这迷幻的美酒

　　　千万鱼虾成群结队

　　　骄傲地追随着你

　　　犹如天上的君主巡视自己广阔的国度

　　　你忽而化作一朵晶莹的浪花

　　　提起白边的湛蓝舞裙

　　　同鱼虾一起旋转追逐舞蹈

　　　你与海盗船并肩疾驶

　　　你大声地唱着他们低俗却可爱的祝酒歌

　　　仿佛你也是那热烈而无礼的一员

　　　挑逗着那位被劫上船

　　　美丽无助的金发小姐

你转身融入空气

水雾的长发随风飘扬

阳光金辉交错

流淌出一条彩色斑斓的河流

你张扬地向来往的船只炫耀美貌

却又害羞地逃入深海嶙峋的暗礁

你曾伴着东风

在岸上沉沉入睡

白雪松软的纱衣覆盖了山川与树林

数月后你终于惺忪睡醒

素净的脸上还有着小鸟的爪印

山泉哈哈大笑地奔腾起来

你便嗔怒地与她扭打一团

饱览了森林与草原，山峰与幽谷

带走四季流逝的光阴

你终于又回到了大海

行　谣

哦——多变的海妖
黑夜是你真正的眷恋与性情
那时的你
集所有的情感与美一身
死亡与神秘便是你最赤裸的面貌

2014年1月2日

红 鼻 子

白云像巨大而优美的鱼仙

妙曼优雅地

在流水般湛蓝的天空悠游

农场嘈杂在海的深处

金色的阳光是群蜂嗡嗡飞舞

亮出锐利的针芒

对果树进行围攻讥笑

那个愚蠢的番茄

还没长大便挣脱藤蔓的庇护

坚信自己是小丑的红鼻子

落在地上却不知自己死期将至

番茄静静躺在泥土里做着美梦

它的梦翻飞成一群群雪花

那是神秘的北国才拥有的恩赐——

纷纷大雪，天空熊熊燃烧

成为一片白色汪洋

霓虹灯与彩旗

小丑奔跑在雪白的夜色中

它的提琴里藏着明媚的精灵

它将最快乐的旋律拉给动物们

果农丰收之季

金色充满大地

纯白的大鸟从天而降

带着被遗忘的番茄在高空翱翔

亲爱的朋友

我拥有最美妙的歌声

是悲伤的小丑终于找到了自己的红鼻子

我要飞往北国

将最纯粹的欣喜带给所有雪妖

2014年1月12日

无形之美

对于思绪的蛛网
我总抓不到它的由来
仿佛气的精魂一圈圈凝结
盘在空中缥缈的云间
虽然透明
但有如天空五彩华锦的新衣
银丝闪耀若有若无的光芒
就像一颗颗流星划过天际
哦，她总能给我黯淡的天空
增添奇异的乐趣

夜幕降临
她化作优雅而神秘的黑天鹅

行　谣

张开巨大的双翼
悄然遮住太阳——
那颗充满监视与猜疑的独眼

于是便有千万精灵
从波光粼粼的湖面升腾而起
带着忽明忽暗的光芒
翩飞着尽情舞蹈

我虽不见却清晰地听到
这无边的寂静中
这无数黑羽织成的夜色中
她们纯真而烂漫的笑

如同千年的雪峰上
鹿仙们轻点坚冰凌空跃起
在云海中驰骋空灵回响的哒哒蹄音
它们化作满天锁满星辰的雨点

洋洋洒洒地落入大地
摔碎的闪光肆溢
仿佛举行着狂欢的庆典

无尽的黑暗
那便是我们的光明
蟋蟀奏响愉快的乐曲
微风便拨动森林的竖琴
回音是梦境的水雾
带着潜兽的浑厚歌声
低低盘旋
露出尖利的牙齿
嚼碎被束缚的空气
一切都开始流动

仿佛年轻的浪花
悠游荡漾着打转儿
抛弃了有形的身躯

行　谣

不断变化，随心所欲

然而当那黑色的天鹅
欣喜而疲惫地合起翅膀
将她可爱的头颅埋进
柔软地羽翼时
一切又像女巫的宫殿般
悄然隐去踪迹

我苦苦寻觅
她却弥漫在我的周围
就如美酒的芬芳
我抬起头
只看到灰蒙的天空
我叹息着极目远眺
想象她从遥远的天空
飘然而至
于是她突然出现

在我的耳边吹气
响起一串串风铃的乐音

我惊喜地回头
身后幽静的林中小路两旁
开满了繁星与重叠变幻的月光
我便激动得像一颗多情的露珠
满载着甜蜜纯真的爱
亲吻每一株花朵

2014年1月14日

幽暗的洞穴

幽暗的洞穴张开大嘴

吐掉了前来进攻的所有光明

冥冥鬼火

顺着暗流散发着淡漠的苍白

无声地飘向贪婪的深渊

虚无的游魂

用迷茫与压抑的挣扎

种出开满麻木与妥协的甜美花朵

有残损陈旧的蜜蜂

穿着复古的衣裙

在其间翩然起舞

那轻佻的快乐披散着结满鲜果的长发

将可人的芬芳散布于整条暗流

永远宁静祥和充满欢欣

迷路而误入的盲眼精灵
举着火把沉思
跃动的火焰，燃烧着的鲜血啊
我是否有必要
将这一切烧灼殆尽

2014年1月6日

看这个盒子

行走在阴惨与梦幻间
污黄的积云犹如古老的羊皮卷
滚烫的卷边
灼烧着灰暗的海
人群拥挤在疲倦的街巷
带上笑容可掬的面具
流氓同赌徒厮打着争夺上帝的衣角
屠户尚且温热的手虔诚地捧着圣经

冷静，理性而激进地坚定行走
这是君主强大的方阵——
神性的，被驯服的野兽
充满爱与追求的，无脑机器

它们踏碎罪行与女巫的尖叫
它们用橄榄枝编的网
困住向往远行的白鸽
"听着，"它们对其说道：
"你们是我们的守护神，象征爱与和平
快去带上无尚的光荣，祝福我们的一切！"

太阳即将溺死在海里
微渺的群星
便嘈杂叫嚣着争夺这光与热的王位
它们齐力将母亲推入深海
在这蜗牛壳般的黑穴中
自觉伟大无畏且得意洋洋地前行

2014年1月19日

当夜幕降临

当夜幕降临

当满天幽蓝明亮的繁星

在湖中荡漾着，蒙上一层湿润的水汽

在闪烁着荧光的雾中缥缈

歌声开始苏醒，在海妖的梦中升腾

银色的山坡上

树林轻颤

抖落的萤火虫

跃在空气中，叮咚作响

溪水吞掉冻僵的鱼群

再次吐出时它们变得透明

跳跃着追逐小溪的长发

至深至暗处，变得温暖
大地的心脏在跳动
微弱起伏
神圣的鼓点组成新的歌谣
哦，大地的心脏在跳动
山川草木，静候着每一寸脉搏的新生

越来越近了，如同一只野兽
对着威严的雷电狂傲地嘶吼
它呼唤着同类
冲撞着每一面束缚它的墙壁

大地的血液开始流动
像奔腾不息的江河决堤而下
它们流经每一个生灵的心
哦，大地的血液开始流动

醒来，醒来

心脏每一次有力地撞击

都仿佛悠远而绵延不断的古老钟声

从地心掀起千层巨浪向外奔涌

震耳欲聋，如同巨人矫健的步伐

吓得枯草与腐烂的果实簌簌落下

海妖的梦在钟声中消散

她扬起巨大的银尾

搅碎了束缚的坚冰

当蛊惑的歌声重新回归时

整片海洋又有了生命

它们在月光下旋转

嵌满闪光的黑色舞裙

载着千百艘巨大的游船

尽情狂欢

旋律在继续，大地的心脏在跳动
酒神将葡萄分给可爱的兽群
新生的枝叶开出娇嫩的花
他便踏着澎湃的鼓点向她们致意
品尝那花瓣上的露珠
每一滴都是醉人的美酒

哦——月光是酒，空气中的芬芳是酒
兽群与缥缈的歌声……
这一切的一切，多么令人陶醉
酒神晕头转向地漫步林间
用醉眼观赏流淌的天空与旋转的大地
他莫名狂喜地奔跑、呐喊
直到一条毒蛇看得好笑将他绊倒
他的口中还哼着放荡的歌
优雅而俊美的猎豹
将他驮起，继续他断断续续的音符
猎豹逆风疾驰

便使这祝酒歌

滑稽荒诞却充满欢欣与真诚

歌声飘荡每个角落

合着大地脉搏撞击的鼓点

一切都充满了生机——

夜色、月光下的、银色一切

哦——生命

哦——生命

请将我紧紧拥入怀抱

2014年1月21日

爱的表白

哦——银色的，闪光的白雪

我长颈而优雅的天鹅

你可曾记得那些夜晚

那些深红的、蔷薇色的夜晚

那些迷人的吻

哦——你这可爱的精灵

是怎样的爱与纯净

你轻轻哼鸣也会如清泉般温润

像夜莺般轻盈

我们沉浸在醉人的乐音中

仿佛是美酒中又加了巫婆的迷药

也许是花儿致幻的芬芳

我从未如此忘情

行　谣

　　沉醉于你的歌声，你的低语
　　你的吻，你的心跳，你的
　　——呼吸
　　夜色弥漫在四周
　　黑暗将我们与一切隔绝
　　当你的眼眸充满水雾
　　当你的心
　　如同环绕七重坚冰的温热大海——
　　我要深深地融入你
　　哦——银色的月光般的美人
　　我要深深地融入你

2014年2月2日

隐 匿 者

祖母绿与浅金的阳光
拖起长长黑影的裙摆
向着神圣无比的太阳
不约而同跳起旋转的舞蹈

万物之舞——
隐匿者

黑暗的洞穴
隐约的目光
空气中鸟翼拍打
遗失的星辰
散落，挂在树梢

行　谣

欲言而失语
一片寂静

万物之舞——
隐匿者
驾临于时空之上
却又无处不在
触手可及

2014年2月7日

送　别　诗

苍白的勇士

被阳光刺穿

千疮百孔

雪消融了

褪去晶莹与圣洁

白色

在松树层层墨绿的礼裙下挣扎

白色

被草丛张牙舞爪的绿蜘蛛撕裂

白色

被巨人经过时轻蔑的脚印蹂躏

金色的钟声穿过云层与树林

行　谣

　　散落满地光影的花瓣
　　为这将逝之敌举办无声的丧礼

　　灰喜鹊割开浅金与绿的清冷气流
　　飞掠而下，与那惨白的勇士低语
　　再会，再会
　　你这伟大者！我真为你伤心——
　　你在逝去，你在呻吟
　　你被屈辱包围

　　雪大笑着拥抱这幼小精灵
　　清澈的鲜血在肆溢
　　树木与泥土便贪婪地吸吮

　　我在美酒中盛上自省与深思的古镜
　　我们将再次听到云与夜的歌谣
　　我是太过沉重的月光
　　满载真理与谎言的幻想

为了保持清冷与高傲
对我而言，堕落与消失
均为高空中的翱翔

2014年2月10日

天空是浊紫的泥浆

天空是浊紫的泥浆

幽灵般喘息

那是惨白虚弱的灯光

流不出一滴鲜血

影子惊恐地将自己

拆开又重组

你的头发沉睡着噩梦

是千万扭曲的枯树

跳着一支支疯狂的舞

我爱你

我爱你眼眶中

透明的玻璃珠

一群沙砾般的辰星
在上面慢慢爬动

2014年2月24日

血色的湖

血色的湖
安静地倒映着
黑色的圆月
仿佛无底的深渊
躲在生机勃勃的枯萎森林里
呵出雾气，滋润金色的落叶
我发芽了，黑暗又温暖
湖畔没有影子
水面像柔软的蛇一般拥抱
我长长的枝条有些眩晕
苍白的彩虹，幽灵在歌唱
安静又美好——永恒
安静又美好——我发芽了，黑暗又温暖

我渴望一只斑斓的小鹿
充满清凉的草腥
咀嚼我嫩叶的长发

2014年2月27日

囚　禁　者

柳树

婀娜的仙子

你缥缈的长发

有如柔嫩的水雾

无声而悠游

悠悠地荡漾

（人们听不见你的歌）

我有一座巨大的囚牢

囚禁着安逸与乖巧

而你却对此不加以任何赞扬

高高地抬起头

生长，生长

啊，就连天都是我的奴隶
你妄想从我这儿挣脱
你这美妙的，愚顽的孩童
可是！可是你有女巫般可怕的心脏
到了昏沉的夏天
你的长发变为尖利刺耳的锋芒
（人们听不见你的歌）

不——
它们撕裂了
撕裂成我灰色的
温存的大陆
你逃逸了
哦——你逃逸了

2014年3月9日

旋转的彩灯

旋转的彩灯

我在人群中跳舞

我在嘈杂的线团与纸片中跳舞

我的旋律

哦，阴惨的开膛器

每一次心跳，每一次心跳

我听不到任何声音

鸟儿在扑打翅膀

我的脉搏在颤动

我颤抖，颤抖地将头颅

埋进整片天空

星星在笑，云彩遮住了

全部涌动的蠕虫

流光肆溢

我努力地伸长，伸长脖颈

将黑夜深深呼吸

2014年3月18日

牧　羊　人

你有温柔的朋友

你有无数诗与歌谣

你有饥寒交迫的躯体

你有千年的寂寞，抑或狂欢

你是精灵

你爱上晨曦与落日

你在迷醉的金雾中

任风缠绵地亲吻

你陪伴你的云彩

你陪伴和你一样多情而固执的云彩

慵懒而纯真

你可知你们终会腐烂

被蜗牛与蛔虫分食

你们是什么
大地的一份养料
或许你们属于天空

2014年3月19日

致　　你

我的朋友
你可收到我那翻飞的
甜蜜思念
你繁茂的枝干上
挂满了阳光
千丝万缕，闪耀的金线
你在一片花香中伫立
舒展你每一寸身体
仿佛在跳一支空灵而悠远的舞

啊，你那么美
春天来了，我的朋友
我想起你的陪伴

你绿莹莹的微笑里

荡漾着星辰清凉的光芒

我行走在深夜中触碰到你的影子

哦——葡萄酒般酿着幽甜的深紫夜晚

你那么美

我深深地望着你

隔着轻纱般缥缈的水雾

如此亲切而又飘忽不定

你有一件萤火虫赠予的

幽绿的新装

我们静悄悄地歌唱

不会吵醒凝视的灯光

你曾披着朝霞的焰光

在微风中炫耀

哈，仿佛你真的变成了燃烧的孔雀

摇落一地雨点般斑斓的光芒——

那是你的喜悦

它们洒在我的头发与双肩
我不禁与你一同欢笑

我曾在辉煌而寂寞的黄昏中
遥望天边滚烫的云团
当我转过头艰难地描绘地图时
你无声地倚在窗口
感叹那天边古老战争的遗迹

我们一同爱上狂暴的雷雨
啊——那倾盆的无边的欢唱与咆哮
那万物狂欢的庆典
我应召冲下楼
在满天鼓点隆隆奏鸣的海洋中
狂奔，旋转，激动地大叫

啊——啊——
你们都纵身起舞

在这此起彼伏的古老击打声中
犹如疯狂而明媚的巨浪
美丽，耀眼，势不可挡
如此酣畅淋漓的洗礼
仿佛褪去了一切罪恶与忧伤

我们亲昵地倚靠
倾听喧嚣后万物复归的寂静
空气中是鸟儿湿漉漉的双翼
振出层层涟漪
它在我们的内心升腾
仿佛绽出无声而宏大的烟火

我们都笑
对纯洁与永恒致意
像两个仰望生命的婴孩

我们流泪
却没有哭泣
你用千年时光来完成的舞蹈
我只能看到一瞬的绽放

但亲爱的朋友
珍重，珍重——
尽管我们暂且别离
我们依然亲吻，拥抱
一如那无数个寂静的深夜
你可收到我翻飞的思念？
即使如此短暂
我们依旧用生命奔向无限

2014年4月8日

刀疤没有痛觉

刀疤没有痛觉

我找不到

找不到它的叹息

血流走了

温暖的缝隙里

生出五彩的青苔

被带走了，被风

这烈马用舌头舔去了

我五彩的悲伤

哦——回来

不——！将它们全部带走

啊，全部带走

远离这喧嚣嘶鸣的一切

住口！你叫我如何是好
你这贪婪的魔女
你这绝望的死尸

2014年4月15日

在你眼中

在你眼中留下无数的云浪
狂躁、寂静、喧闹、欢欣
像寒冷游温暖的大海
身披着黄昏的锦文——
恋恋不舍的鱼群
面朝落日
在天与海离别之处
静静地等待，等待黑夜的降临

献给你这晶莹的葡萄
里面有月光溢出美酒的芬芳
沉醉，哦，再次与我沉醉
我的朋友

行　谣

　　没有什么能比酒神的祝福更加圣洁欢欣
　　哈，让我们再次高歌
　　一如我们曾攀登无数高峰时
　　骄傲地歌唱
　　——让我们并肩前行这最后的旅程
　　啊，明天我们将与你分别
　　但欢欣吧，放肆吧，朋友
　　让今夜永远难忘

2014年4月17日

我的邀请

快来吧，亲爱的恋人
我已在遥望你苍翠的衣裙
在沉郁的花香中送来清透的风
带着无数欢快的鸟鸣
啊，来吧

晕与天空依然辽阔又高远
而你灼热的金色眼眸
怎能不更加亲近地注视这生机盎然的大地

来吧，亲爱的夏
带给我一个盛柳与太阳花编制的花环吧
送我一池荡漾荷香的涟漪

行　谣

哦——给我无数的吻吧
那满天绚烂的繁星
还有那夜色中葡萄酒酿成的河流
让我们在其中尽情地畅饮

快快飞速地翱翔吧
快来这充满欢愉的北国
快来收取我蜜糖般甜美的思念
我渴望你的一切

2014年4月21日

雨中的呓语

请倾诉，啊——
倾诉你内心的狂喜
多么明亮的雨啊
一切都碧绿生辉
扔掉伞吧，它遮住了可爱的天空

让你的羽间沾满雾水
啊，自在的小鸟，歌唱吧
乌云闪耀着绚烂的银光
飞翔吧，接受雨点每一次亲吻的洗礼
你在笑，啊——
如同风中喧闹的清香

舞蹈吧

在云海之中

在山峦之巅

啊，快去看看那翻涌的巨浪

海风仿佛迫在咫尺

启航的巨船

得意地藐视雷电的恐吓

伴随着斑斓的鱼群

有如炫目的彗星

啊，燃烧，燃烧

划开黑色的浪

还有你

婀娜的青柳

狂奔吧

解开你美丽的长发

让它如孔雀的尾翼般

在雨中绽放

你在笑，啊——
满天的雨点在笑
此起彼伏的狂欢
哦——淹没一切吧
哦——带着清澈耀眼与水晶的辉煌
哦——高高地砸向慵懒与昏沉吧
下吧，下吧
击碎一地沉静的门窗

2014年4月20日

夏

无边的阳光翻涌着海浪
翠绿的白杨随风摇曳着
是夏天逐渐绽开一朵朵明亮的笑
一群荧光的水母
在旋转的水中精灵般舞蹈

啊——我看见赤金与紫的丝线
织成黄昏
云中的夏得意地晾晒成千上万的新装
哈——趁太阳还没有落
让每一片湖，每一片海中
都盛着光余热的辉煌
这位少女还让小鸟们

披上自己的锦缎
那是无数和她同样貌美的孩子

月后的夏用乌纱遮面
黑暗便是她的舞蹈
我看见
夜来香幽幽的暗流中
驾着她载满繁星的扁舟
小船落在湖面
化作一片蓝色的萤火虫

我看见夏依着温暖的树枝
与山神静谧地交谈
夏在云中留下一瓶暴雨的花种
夏又将美酒打翻
流出无数醉人的夜

行 谣

夏是诸神的宠儿
一切都在她眼中变得那样美妙
就连孤寂也变为热烈的狂欢
她任性地大笑着
点燃原本寂静的一切
不论恶魔还是妖女
都在她肆溢的火光中拥抱、起舞

混乱即喜悦，癫狂即深沉
当寒冷的高空烘烤出一束暖流
她便俯视最热爱的土地
在高空中自由翱游

2014年5月2日

已被遗忘

已被遗忘，那幽暗寂静的洞穴
静静地呼吸，静静地呼吸
苏醒的尘埃在光中起舞
随着优雅稳健的步伐
带着高傲与孤独
带着喜悦与希望
啊——点燃了火把
一万颗星辰将光芒四散
无声的狂欢拉开序幕

我等待——
我在等待中死亡
我在等待中新生

是孤独与迷茫
不，是夜莺在歌唱

光年之外的浪潮击打时空的彼岸
每一次，都是遥远的召唤
是古老的钟声冲撞我的血脉

醒来
我听到你的声音
我睁开双眼
夜肆溢的闪光——真理与喜悦

啊，来吧，来吧
让我们跳一支舞

为死亡
充满雾气的枯木森林中唯一的泉水
为谎言

那漫野无际的腥红蔷薇

为背叛

幽井中溺死在阳光下的鲛人

为狂欢

酒与剧毒涂上妖女华美的长裙

为温柔

肆意席卷于灼热双眸中繁星般的吻

为真理

平静深处最迷人的恒古昭示的喜悦

来吧，让我们跳舞

为自由

翱翔而而被诅咒的巨船

为悲伤

美与深沉最忠实的伴侣

⋯⋯⋯⋯

而这一切的一切

是用尽歌声所织成的——信仰

行　谣

灵魂最柔弱的呼唤
脑海永远不死的恶灵
啊，我的恋人

它是野兽纯真而狂暴的心
是幽灵撑着伞在雨中行走
是无数海浪的哭泣
是黄昏——灼热炫目的爽朗大笑

啊——我的朋友
你为何这样对我穷追不舍
你点亮了我的黑夜
你得到了我的吻与心
你带给我所有泛着闪光的河流
为何却收去了温暖喧闹的蜜蜂
你优雅而稳健的步伐
点燃了火把

直指真理与永恒
哦，我将陪伴你在其中燃烧殆尽

来吧，让我们跳支舞
啊，再次与我共舞
在死亡中，在嘶鸣的痛苦中
在自省与深思中，在满怀热情的探索中
在空洞与恐惧中，在坚定地反抗中
啊，走向毁灭，走向自由
走向永恒，走向无限

2014年5月5日

有　梦

啊，有梦

温暖而亲切

我尝到注满阳光的晶莹露水

梦想就在你的眼中

空气很明亮

有看不见的耀眼的血红

我追逐你

我们一起行走在柔软的草中

我追逐你

我们始终不愿走在顺水面的桥

天黑了

鱼儿在发光

一切都是静溢的苍白
破屋里有旧的电影
哦，我们随时可能死去

我找不到你
温暖而亲切
我深深地吻你

2014年5月7日

雪与松鼠

雪与松鼠

我是大海最倔强的孩子

挣脱她的臂弯飞上天空

一旦刮过清泠的风

我就在其中穿上纯白的长衣裙起舞

我旋转，飞翔

畅饮寂静中的冰寒佳酿

纱裙拂过森林、大地

也拂过一只松鼠的鼻尖

他从温暖中睁开朦胧的睡眼

被这缥缈之景所震撼

哦，可爱的松鼠

他认真地倾诉

寒冷的精灵，你的舞真美

像无边悠远的月光

涤荡着我充满恋慕的心

他希望我长久地停留

我带着歉意的吻融在他的双眼

你只看见我纱裙的美丽

却看不到我无形的心

你只爱慕我空灵的舞

却读不出我对孤独与自由的歌颂

你倾心于我的纯洁

却承受不住我的寒冷与清冽

亲爱的朋友

让我们就这样彼此欣赏

我感于你温暖的双眼与热烈的心

我敬佩你的坦诚且充满善意

行　谣

但原谅我的拒绝与飘忽不定
我只是位流浪且舞蹈的精灵

2014年5月18日

星　光

星光散发出悠远与纯净

夜深了，只有河流在唱

柔软的黑发闪着光

在静溢中荡漾

谁还在醒着

一只小船

它斩断连接河岸的绳索

啊，与风同谋

带着暗算与背叛

随流水远去

清晨它碰到无边的日出

它将自己浸入永远孤寂的血红

平和、欣喜

行　谣

也许为了同时得到晨雾与星空
它会腐烂成一架彩虹

2014年5月20日

阳光照进教室

阳光照进教室

洒落一地水晶般的纽扣

我看到一张张脸的映像

不断变化扭曲

高声谈论着

似乎没有注意到

进进出出的鲜红鱼群

这里充斥着海水

阳光太亮

书和墙壁变得透明

这里像一团胶水

我望向窗外

白杨顶端骄傲地站着一只小鸟

行　谣

　　它的眼中是一片湛蓝
　　晴空万里

2014年5月23日

戏赠鲁睿元

细胞长长
撑起枝茎
果实机械地发育

时间到了
树叶脱落
皮肤脱落
头发脱落
被砍掉了
继续分裂的新生
生命是什么
我们有生物的眼睛

却看不懂自己

2014年5月27日

夜色的浓墨从湖底消散

夜色的浓墨从湖底消散
云浪翻涌出灼目的鳞纹
当雾的精灵带着神秘的幽紫
在湖面舞蹈
鹿群还未醒
鸟儿已欢唱——
哦，我要驾着轻盈的风
致你晨露与鲜果的芬芳
看啊，湖面
最动人的古镜中
鱼儿与云彩亲密地追逐嬉戏
垂柳的长发烟纱般抚过水底
落月亲吻金色的曙光

行　谣

鲛人在石上低低吟唱
俯身用湛蓝的天空
浣洗绝美的容颜

看啊，悠扬悠扬的一切
如此明媚
让我们带着树的清香
尽情欣赏这美丽的清晨

2014年5月31日

阴暗的地下

阴暗的地下
我们隐匿呼吸
远离阳光与风
潮湿是指尖滋生出黑色的鲜血
惨白昏沉的灯光
打着盹将影子
折分旋转
我们无人知晓
我们属于月的蜕变——
哦，白发与白色的双眼
黑暗，最黑暗的微笑与心
我们喜欢腥红
用夜的凄厉尖叫奏乐

忧郁与罪恶污浊

调成美酒

年轻女郎被奸污的腐尸与噩梦

在千万只眼球的水晶灯下

焕发出甜美与芬芳

我们将举行宴会

哈，腥红色闪光的可爱宴会

2014年6月2日

天是透明的

天是透明的
没有云
金色的阳光
一束束，一束束地洒在
白杨青蓝和嫩绿的叶子上
奇怪的鸟儿歪歪斜斜地飞
她说黑夜是星辰与月的故乡
我也这么想
大地生出淡紫的清香
露水中空气湿漉漉的吻
也是风用歌声才可擦去的泪痕
她说黑夜是星辰与月的故乡

　　唉，我伸手——
　　好像只抚过她轻盈的羽毛

2014年6月8日

我失去了冬天

我失去了冬天
溪水从山间流下
满载着阳光与醉人的芬芳
金色主宰大地
风中夹杂着橙的暖意
唉，不管怎样
我失去了冬天

蓝天开始苏醒
高高地攀上无边的圆顶
晾晒一朵朵白云
水雾开始变热
熏红了半面无波的大海

金色刺穿鱼群

金色点燃森林

金色侵占了每一座山的鸟鸣

它们开始殖民

建立五彩的城镇

放出千万喧嚣的庆典

明亮的焰火肆意蔓延

涌上少女的舞裙

涌入盲人的双眼

每当君主驾着烈马在空中巡逻

万物都虔诚地对它朝拜

雪与月光被流放

亡灵只好躲入深谷的幽穴

它们悲歌，它们狂欢

它们与世隔绝，只愿拥抱黑夜

月亮跌坐在水中

洗涤她千疮百孔的心脏
苍白的鲜血
染上古镜般无声的幽潭
有精灵在远方吟唱
可怜的亡国者
阴森的雾弥漫着泪与悲伤
我失去了冬天

啊，算了吧
我颓丧地将最后的寒冷
酿成美酒
我请求夜与鲛人
将它藏入深海
可我等候着它
再次高傲地复苏

2014年6月9日

雪融化了

雪融化了
眼泪只流入大地
消失不见
鸟将残存的寒冷
带去北方
我的歌声失了一半
一半挤满繁花
发芽吧，发芽吧
你总要长大，总要忘记
她们在风中摇曳
她们在风中摇曳
啊，我的黑暗与寒冷，我的沉睡
消融了，被梦抹去

可我厌恶这些
我总要长大，总要忘记
春天来了
我却偏要鸟儿带着无字的信
向北极飞去

2014年6月10日

将我的爱

将我的爱

融入赤金的阳光吧

玫瑰般芬芳的天空

每一朵云都是最甜美的呼吸

云雀将歌声洋溢在温暖的森林

一片醉人的黄昏

我只愿——只愿沉浸在你的眼里！——

斑斓的小鹿，你的眼里盛满明亮的欢欣

有如一片洒满余晖的湖

啊，就让黑夜在此刻降临

带着我的吻与忧伤

我要在林间久驻
做一阵没有躯壳的风

2014年6月13日

摇　篮

一

摇篮生出梦幻

梦幻是黑色的小溪

流进天空，汇聚成海

它湮灭墙上的画与时钟

星星在水底起舞

有一个白色的孩子

太过轻盈，太过轻盈的死去

黑暗中没有溅起一片浪花

月亮摇着寂静昏昏入睡

一阵清澈的芬芳

带着朦胧的笑声，掠过深眠的鸟

水有些冷
黑色的水里
飘着一朵未开放的夜来香

二

海上漂浮着冰
冰是流亡的冰
被太阳严刑拷打
罪名则是太过寒冷
它躺在海上
灼热的滚烫咬它
像一群吐着火舌的鱼
海鸥驻足凝视
沉默，沉默不语
良久，它消失在天际

2014年7月1日

一封邀请

飞吧，林中的树叶与梦
笑与歌谣将旋转成我欢乐的衣裙
让我们奔跑在树林长长的黑影中
让繁星的长河在我们头顶向后掠去
让萤火虫织出幽蓝的花海
让鬼魂围着篝火肆意狂欢
啊，那瀑布隆隆的巨响
有如黑暗中狂暴的野兽
它们尖利的爪牙与怒吼
撕碎大片苍白的寂静
还有那古老的树根
千年沉睡的盘蛇
它将智慧汲取

结出真理与谎言的果实
沉默而古怪的猫头鹰
我们可爱的近邻
它就住在树的对面
蜜蜡般浓郁的金色目光
一动不动地凝视一切
当我们漫步在无际的坟茔
安魂的祈祷荡出无数波浪
优雅而蛊惑的鲛人轻轻摇晃
月色的小船
甜美的歌声将天使引入深渊

这里没有言语
只有吻、月光与歌
这里没有善恶
只有美、真实与梦幻

行 谣

　　我的心，啊——
　　沁在明亮泉水中的心
　　充满了真诚与祝福
　　我期待你的到来，我渴望你的到来
　　我满怀甜蜜与悲伤的聒噪
　　却坚定地拥抱着一片黑夜

　　　　　　　　　　　　2014年6月13日

猫睡眼惺忪

猫睡眼惺忪地伸展

无声地伸展

乌黑的脚爪抓破画布

涌出繁星

摔碎在古老的青石板上

闪闪发光

它们窃窃私语

它们大声喧闹

它们清脆的欢笑

在日月出落的走廊

载歌载舞

彩色的阳光将墙壁照得透明

甚至飘过鲛人们翩然的身影

行 谣

猫不知道
它的尾巴上沾着蓝色的海浪
它的眼里藏着可爱的字谜

2014年6月17日

夕阳的余晖

夕阳的余晖总是浓郁而温暖

蜜甜亦或是香槟

你脸颊上澄澈柔和的光与晕

鸟与云悬在高塔与绿荫间

斑斓的小鹿踏碎光影与沉睡的芬芳

让所有云的悠悠融入这无边的沉金

让这醉人的美景流淌肆意

风在低吟

带着爱与隐秘

一闪而过

它的迷茫与狂想甜美而忧伤

它的每一声叹息都躺进幽暗的树林

你的美仿佛光中起舞的精灵

行　谣

你的笑是林中游乐的金色小溪
我仓惶逃入幽寂
却迷失在一片黄昏的森林

2014年6月19日

悼 亡 诗

天空倒挂在树丛
光线是奇异的丝绸
蜘蛛如流星般滑过
忙碌地缝制新衣
白色的蝴蝶悬浮枯萎
每当微风拂过
带着梦雨歌谣
在一片辉煌绚烂中
有如被遗失的古老旗帜
孤独地舞蹈，不自觉的舞蹈——
战败的亡灵之躯壳
它们依旧被繁花与鲜果蚕食

2014年6月21日

阳光从叶间滴落

阳光从叶间滴落

洒在窗边

仿佛琥珀的糖浆

天空——可爱的少女

她那灰蓝的陈旧衣裙上

涂满了白色的奶油和桃红的果酱

鸟儿在其间穿过

似乎想把一切搅得更乱

夕阳溅上屋顶

树梢上沾满了云彩晚霞

有如锦缎，有如庆典

风奏响悠扬的竖琴

却不禁发出一串鲜果般欢笑

哈哈，天空——可爱的少女
她要给恋人做一份蛋糕
倒把自己弄得像个巫婆

2014年6月23日

我喜欢你波光粼粼的水面

我喜欢你波光粼粼的水面

不论昼夜

你欣然不知疲倦地舞蹈

鸟儿洒落空气的笑

便有鱼将它藏入深水的云海

仿佛隐匿着至美的面纱

带着夜色与雾气将你萦绕

无声而轻盈地含情脉脉

就连带着真挚与爱灼烧的流星坠入其中

也未能看清你神圣的面容

它已然在萤火虫与风的浪中迷失

却在水底燃起幽蓝的火焰

那是同样轻盈而深情的目光
守护你隐匿的至美

2014年6月25日

让我们拆掉屋顶

让我们拆掉屋顶

深深呼吸大雨的清香

天空则刚出浴

明媚的湛蓝双眸中

荡着笑意的水波

她悠游漫步

沿着云彩堆成的湖岸

她放下绚丽的金发

引得群鸟们纷纷赞叹

多情的风吹开她雪白的面纱

好让那动人的面容展现于世

看呐，她的笑犹如燃烧的灿烂焰火

她向西去了

她唱着歌走在黑暗之前
让我们静坐着仰望天空
赤火在天边翻涌
仿佛一个终结
趁光晕还在
夜色中弥漫着跳舞的芬芳

2014年6月29日

和瑞士小伙伴的管乐联谊

正午过后

空旷的森林里

飘满了躁动的柳絮

烟尘与炎热中

女巫紧闭枯树的房门

下场雨吧

下场充满歌声的雨

于是从天而降一阵新奇的彩色

蓝色的小溪

金黄的响尾蛇

翠绿的山羊和桃粉的锦鸡

来狂欢吧

——它们走向森林

带着欢乐的喧嚣

带着不知疲倦的嬉戏

它们让梨树生出葡萄

让鸟儿亲吻阳光

让天空绕着斑斓的鱼群旋转

让风用力地拍打河流的鼓面

击出阵阵耀眼的欢笑

萤火虫在地底盘旋

蚯蚓立在高高的树枝歌唱

那迷人的山雀

她的双翼上已然绽放出

紫藤与铃铛花

它们不约而同地高兴歌唱

它们使一切亲切而又乱七八糟

行　谣

　　群山露出巨人的铿锵步伐
　　风穿过树叶
　　留下一串南国舞女的清澈铃音

　　看，云与云连成一片轻盈的吻
　　树与树挽手跳起一支疯狂的舞
　　鸟儿明亮可爱的恶劣玩笑
　　泉水带着闪光奔腾地偷袭
　　午睡的石岛

　　窗外森林流淌着醉意
　　女巫刚打开门便被群蚁
　　高举欢庆
　　她随着洋溢欢闹的口号
　　被不断地抛向高空
　　魔杖划出无数巨大的烟火
　　炸开气泡的肚皮藏满玩笑
·兽群蹦跳着游行

把柳絮织成长长的地毯
从中飞出千万明媚的蝴蝶
那是一连串梦与爱恋的惊喜

哈哈，尖叫吧，高唱吧
狂喜地奔跑
—— 一切都是那么自由
——从遥远的理想之土
飞来精灵的祝福

2014年7月2日

无雪的阴天

无雪的阴天

晴空之蓝倒映在半池泥浆

潮湿混杂着蜗牛与青草

云远远飘着

用衣裙卷走污浊与杂乱

无声而淡然

满天浮现她轻盈的倩影

树与光阴歌唱

鸟儿是阳光穿起成群结队的风铃

我有新的一页——

风在山野间奔跑

逐渐逼近天空的飞翔

2014年7月15日

游　离　者

游离者
阳光像蜂蜜般
缓缓浇在树冠
滴在路上
被踩碎
人们脚底粘着微微灼热的温暖

行走带着光芒
搅出若即若离朦胧的水泡
是飘飞的蛛网
我期待它挂在屋檐
以便招来迷路的巫师

空气太过吵闹
最好带着北斗的法杖
哼着歌走得越远越妙

2014年9月3日

挣　脱

灰色石砖上闪烁着
古老的刻痕

一圈圈中肯的训诫
仿佛水中的波纹
推散金色的黄昏

这里囚禁着"未知"
她有比星辰更清澈的双眼
她的灵魂用时间的钢筋铸造
他的躯体乃是寂静最轻的呼吸

她遥望无穷苍白的舞

高塔中吹过一丝微风
带着耀眼，带着火的气息
——这虽不见
可她感到久违的欣喜

她歌唱，藤蔓啃食坚壁
蜿蜒而上
她歌唱，拔地而起的森林
绽出千万古老的庆典
悠远的歌声乘着云与阳光的利箭
直入塔顶
它刺穿雾霾，击碎门窗
它骄傲地挂起无上的彩旗
这里将举行众鸟的劫狱

2014年9月11日

我的舞鞋开始跳舞

我的舞鞋开始跳舞

它们已被荆棘挂破

可是那么快乐

那么快乐的欢笑

将一切唱成歌谣

我们串通一气

大笑着踏进泥浆

踏进水潭，踏进下雪的荒地

吓走笨拙的肥鹅

人们怪叫着逃逸

我们追逐奔跑的森林

我们盛满一壶辰星

用它扑灭灼热的流云

黄昏，只剩下烧红的天奄奄凝聚
一片昏沉，幽紫与赤金的戈壁
我们用流星点燃稻草人的帽子
萤火虫是烟花绽出明亮的火星
我们拥抱水鸟的倒影
我们躲进沉默的森林
每一块石头都在吟诗
每一阵风都在花中弹琴

我的舞鞋继续跳舞
它破烂不堪，像是要飞——
它比鲜血更红
冬天已然过去
我不会去找它
我要在另一个冬天来临之前
在一片白雪的海上舞蹈

2014年9月18日

月光与沉寂之风

月光与沉寂之风
森林幽暗的叹息
今将于此长眠

醉于黄昏之血
心为熔铁之赤红
远古的战役
曾燃烧整片极地之海
亦真挚，亦狂热
亦高傲，亦不屈
亦智慧，亦无畏
亦深爱，亦残忍
孰为梦与荣耀

今将于此长眠

火已寂灭

神圣传说与训诫深隐

汝之灵魂将永被披上战甲

踏着银光的史诗

战胜光明

抑或与黑暗同归于尽

2014年9月23日

什么在唱

什么在唱
远方的北国之鸟
身披纯白与圣洁
在满天纷扬的大雪中
翻飞翱翔
她无须喧闹
乘着寂静的回声
风是唯一的咛鸣

远走了
雪埋葬死去的彩旗与花环

是一片宁静的灰

乘着星光的长河

极地之白夜

没有幽灵

空气打着伞

挽手低唱

好似庆典

好似挽歌

遥远的北国之鸟

她的双翼吻着刺骨的风

她的眼泪

是晶莹寒冷的坚冰

她漫步于冻结的湖泊

白雪掩盖着半面幽深的蓝

好啊，沉寂

无人之境

行 谣

　　风雪在呼啸嬉戏
　　这里没有丝毫话语
　　抑或诗句

　　高耸的岩石深深绝望地站立
　　环抱一望无际的灰白
　　星光在闪
　　白鸟高飞翱翔

　　永恒与虚无
　　她不甘受到诅咒
　　远去了

　　是钟声撞击坚实的冰层
　　眩晕
　　漫漫无期地前行
　　实则真实存在着心跳

在天空与大海中
在远离陆地的迷境中
提示流亡的方向

2014年9月26日

万物的影像

万物的影像

随晨曦的羽翼

飘向大地

浅金的光芒

有如一潭悠悠的流水

缓慢浸没鲜红的浆果

抚过摇曳的花

谁在湖中沉睡

小鹿浅尝这湛蓝之酒

群鸟飞起的光影

划开她眼中还未消融的坚冰

啊，她笑了

风在雾中奏鸣

星辰隐于云层砌成的

洁白城堡

奥菲利亚的繁花

洒满水面

它们同天鹅跳优雅的舞

深渊上鱼儿清冽的暖意

荡漾的水波

是天空吻着清澈的湖

森林中的每一棵树

都如一盏古老的高脚杯

盛着鸟儿的歌

盛着晨露与彩虹

而永驻的纯真之美啊

无形而神秘的精灵

谁在这里沉睡

2014年10月5日

落日的余晖

落日的余晖

横跨而过

一排排挺拔的白桦

便是坚实的桥墩

云从桥上盈盈踏过

鸟儿好奇地停在桥栏

而只有人们

匆匆忙忙地在桥洞

钻来钻去

好像水底的小鱼嬉戏

可他们只是嬉戏

只是嬉戏

不知道上面的桥

与悠悠的云

2014年10月8日

少女之死

推开古老的门
阳光——
手持长矛的勇士鱼贯而入
将她团团围住
她躺在地上
静静地躺着
仿佛已沉睡千年

灰尘的精灵
在光明的进犯下
惊慌失措
它们在空中狂舞
上蹿下跳地惊叫

寂静的歌声戛然而止
只有墙壁上腥红的画
还在旁若无人地鸣奏

这里情形古怪
这里隐藏着嫌犯
勇士们窃窃私语
穿戴好金色的战袍
时间悄然行走
有如天鹅轻盈浮游
它们四下翻寻
忙乱却一无所获
幽深的古镜隐于蛛网
只露一抹深邃的目光
侧卧于椅背的纱裙
有如鲛人拖着曼妙的长裙
干枯的爬山虎用尖利的爪牙
死死抓着门窗与墙壁苍白的脸颊

直至微风拂过
它们颓然飘落，化为灰烬

它们再次将长矛指向她
然而她静静地安躺
竟毫无畏惧
她洁白无瑕的面容
散发明亮的微光
她身上铺满斑斓的蝴蝶
有如华美的诗谣
她金色的长发那么美
仿佛流淌着生命
似一条盘卧的青蛇无声凝视
带着神秘与智慧的危险
它冷笑着潜伏
紧贴湖面
紧贴冰冷的地板

还有谁来
还有谁来

光明愧于蛮横无礼
充满歉意地悄悄褪去
它们惧怕那寒冷的月光
便被夜幕吞噬

2014年9月24日

出　逃　者

出逃前夜
我抛弃影子的光芒
置身最黑暗处
骗过星星的目光

出逃前夜
我藏起所有的歌
披风猎猎作响
有野兽在其中嘶鸣

我将恶魔安置在
装满彩色玻璃的古老教堂
我将腥红的舞鞋

架在高高的祭台

我在灵堂前

朗诵一首欢快放荡的诗

我踏过满地

沉睡者的脸

我打开每一扇

囚禁疯子与罪犯的门

我将太阳

用死者的鲜血泼灭

我开始出逃

我变成鸟儿

齐心协力

解开自己的绳索

我飞出窗外

杀死黑色树林的卫兵

我偷来巫师

破旧的尖顶帽

我走过斑斓的

行　谣

蜿蜒如青蛇的道路
我走向云雾缭绕的巅峰
我走出轻浮奢华的光之圣殿
我走入无声未知的夜之永恒

我是开拓者
踩碎恐吓与虚无的野草
我是破坏者
惊起兽群们愚蠢安逸的睡眠

我是享乐者
暴雨为鼓声而雷电隆隆奏鸣
我是迁徙者
永远跋涉而不至终点

我经过水波澄澈的桥
淌过流云绚烂的河
攀过无数尸体的山

驾着无桨无帆的船

我是被流放者
罪名是砸碎了盛满熏香
的鱼缸
我是持长弓者
战绩是射杀泥沼
与张开大嘴的蜂群

我开始出逃
只带一壶冰寒刺骨的美酒
将幻象与迷醉的药水
洒向每一条
腥红或血银的河
我疯疯癫癫地高唱
行走便是歌颂
死亡便是美德

行　谣

谁若无心且明亮
我便骗取他的灵魂

2014年10月12日

唔

赤金与鲜红

落叶的海洋翻涌

空气中弥漫着旋律的芬芳

高高的鸟儿

眺望，眺望

苍穹湛蓝的湖光

年老的河岸与年轻的河岸

共织一段诗章

新生的过去与已死的将来

共饮迷幻的美酒

开始了——结束了

无数月亮轮流舞蹈

沉睡了，苏醒了

行 谣

同一位公主变幻新装
又一个纪元
雪地不断留下新的足迹
期待忧郁的再会
期待欢笑的离别
行走载着风，
载着古老的佩剑
寒冷已至，
我听到水凉的歌
哦——我抚摸她的手
我送上甜蜜的问候
我将是一颗露水——
饮下万物
赤金与鲜红
烈酒在灼烧
空气中弥漫着旋律的芬芳

2014年10月14日

琉璃瓦在彩色屋顶上跳跃

哈哈
琉璃瓦在彩色屋顶上跳跃
我快乐的镰刀收割着欢笑
哦——轻快的欢笑

我用它辗出清透的碎片
带着树影与阳光的温馨
带着驻在鸟儿羽翼间的
凛冽气流
洒向坟茔
洒向苏醒的死者

行　谣

看哪
多么明媚的天气
云朵在高空
挂满翻飞的旗帜
一个个小土丘与开满色彩缤纷的野花

哦，你们这些静溢者
让我为你们唱着可爱的歌
——你们听到
微风中甜美的鸟鸣吗
——你们听到
就连地底最暗处都有
虫儿欢快地抒情吗

不要再沉默示威或在影中哀叹啦
看我
看我的镰刀上挂满了

欢笑——
我用它为你们除去
坟头忧郁的杂草

你们这些高傲者，思考者
抑或享乐者
你们应当高飞
像天鹅那样优雅地舞蹈
像苍鹰那样遒劲地搏击

哈哈，解开那些缠绵的
藤蔓与不安的荆棘吧
你们应当高飞

2014年10月16日

看哪，云端

看哪，云端——
闪过一丝叹息
来自轻盈
来自夏虫的奏鸣
带着甜蜜——

酝酿已久的风
伴着阳光与冰雪
仿佛雏鸟
紧张而兴奋地
尝试飞行

啊，来一杯美酒
让这一切都变得
更加无拘无束来吧
尽管迈开你湛蓝的步伐
走向自由
走向开满繁花的大道

看那黑暗森林中古怪的巫婆
看空气中轻吟的精灵之语
看黄昏骑士独行的坚毅背影
看迷途的赤发乞丐醉酒疯癫的笑意
他们在你的过去
他们在你的未来
没有时间，不论生死——
而你也是其中的一员

你有双翼
会说众人不懂的古老语言

行 谣

你是遗失的乐音
是万物歌声的后裔

啊，来一杯美酒
让这一切都更加无拘无束吧
新的一天将有更多起飞
身披阳光
身披炽热与坚定

2014年10月23日

我们站在山坡

我们站在山坡

翘首观望

昏暗腥红的天空

啊——终于日出

可那日出——竟是无力的苍白

比月光更缥缈

比黑暗更无情

带着冰冷的泪光

与无尽的绝望

残喘着爬上枯枝

森林早已死去

是荒芜与罪恶的泥浆

行　谣

溺死星星——
成为污浊腐烂得溃散目光

我们相握的双手
竟成为白骨
啊——我从未如此悲伤
死亡一点也不美
它如厌恶而迷醉的剧毒
蚕食着早已空洞的躯壳
你会惊觉却麻木——
你的血液已然流空

2014年10月24日

冬 之 旅

谁在风中
抛下一枚轻盈的吻
带着黄昏的光晕
与湖光的湿润朦胧
隐入夜色
像一位神秘的精灵

银色的小溪
用上古的清澈
弹奏无声的竖琴
无数翻飞的鸟——
黑暗与森林的子民

行　谣

　　从遥远的云中
　　腾跃而下
　　抖落双翼中
　　空灵与缥缈的寥阔乐音

　　幽深而寂静
　　梦中之梦——
　　繁星在树的天窗降临
　　落日已去
　　携走最后一丝
　　多情的余晖
　　智者与痴人均在夜间苏醒
　　他们孤僻而寡言
　　只吻向风清冽的寒意

　　啊，风中藏着玫瑰与忧伤
　　甜蜜的烈酒

风中流淌着淡淡泉水的静溢与欢笑

2014年10月27日

窗　扉

阳光在窗扉流淌
我穿上鲜艳的盛装
鸟儿带着笑意
在清透的绿冠下遐想

我解开长发
它们变成风雨温暖的阳光
我去见一位长者
他在幽寂而迷人的森林

我迈开舞步
繁花在深深呼吸
摇曳且致意

应和着将我的心跳
传入那只有微风通过的迷雾小径

矮人与精灵们忙碌
小丑手拿彩色的气球
变幻表情
哦——让我再近一步
再近一步
人烟稀少
未知与迷茫
我迈开舞步
带着恋慕与深深的思念
小鹿陪伴我
进入最最静溢的深处
可万物都在唱歌
或许是一份邀请
是对远宾的祝福

行　谣

我将花环捧在胸前
我吻每一只动物
与叶间晶莹的露珠
哦——让我再近一步
再近一步
他久久未曾出现

黄昏将一切染上绯红的醉意
远处缥缈的深蓝与幽紫
披上浅金的轻纱——
草茵不再是明亮的嫩绿
我等待且悠游
踏着舞步
等待且悠游寻觅
每一阵风都仿佛
是他轻轻沉吟

我靠着小鹿
在繁星与月色的
河流中沉沉睡去

——啊
迷中之谜
当我苏醒
我的花环上多了一朵
沾满露水的玫瑰
他可曾吻我

2014年11月4日

好一场华丽的舞会

好一场华丽的舞会

充满污水的迷人芬芳

旋转的水晶灯

明亮地欢笑

撞出悦耳的嘶鸣

美酒与腐烂的蜜蜂

流成汹涌的小溪

七重不同的乐曲

一齐奏鸣

旋律仿佛鸟儿从一扇窗

飞入另一扇窗

哦——看那轻盈的美人们

扭着肥大的身躯

哦——她们的舞姿翩翩

如可爱的鸭群——

哈哈，她们夜莺般低语

声如洪钟

吐没或隐匿于所有眼花缭乱的音符

哦——甜美的少女们

还有华美的衣裙们

更欢乐地跳吧，唱吧

你们愉悦聋子

使瞎子也感到开心

2014年11月10日

后　记

这部诗集本是作为我17岁生日礼物的，原想自己印几本收藏和送给好友。但由于诸多的因缘竟公开发行，我在高兴的同时却也无措和莫名，愿诸位包涵。

给刘杨：生日快乐！用这个方式恭喜你已经经历许多有趣的事，并一直坚定地行走在自己的路上。我们看了不少书，交了不少朋友，尽管同时代的不多。我们也有音乐和绘画，它们像鲜果和美酒，装在脑子里，不论何地都可以愉快地享用。我们走着更遥远的道路，与众人截然不同，通往自由与恒古的欢乐，尽管永远不至，可死在途中又有何妨？

生命在宇宙中是何等渺小，仿佛一群卑

微的爬虫紧紧攀附着一颗沙粒，在风所掀起的扬尘中怎么也看不清自己。我们终将灭亡，在竞争与探索中，在自相残杀中滑向深渊的更深处，逃不过文明的终结。可我们有思想，用它认识我们所理解的世界，这是多么美妙的事，我们的精神在自由翻飞！它是多么来之不易，从物种起源开始便一直传承到现在——我们的身体仅存在一瞬，而我们从先民手中接过数千年的思想，并带着它走向更远，传递更远。我们通过这样的方式逐渐在浩瀚的宇宙中寻到自己，认识自己。可这是我们一直在追求却永远无法达到的事情，我们将如飞蛾扑火般将自己的存在抹去。但这也是我们思想最终汇聚的唯一道路，是我们对宿命唯一的反抗。

　　生命的意义在于走向灭亡吗？如此荒谬，但又欲辨不能，唯有生者不知永恒，我们却更极力地试图触碰它无欲的光辉。"天地不仁，以万物为刍狗"，可生命仅有一次，我愿将它全数挥霍在艺术与自由中，且行且吟，尽兴驰骋。生日快乐，17岁了，从沉睡到苏醒，我们经历了更深刻地成长！更加清晰，也更加游离。但一切总归都美好，因为自在而诗意，如同阳光透过森林所洒下的清澈斑影。17岁，我们仍在行走，带着更古老纯粹的歌谣！

　　致朋友与同样的行走者：我怀着真挚的期待将我的诗唱出，不论是森林还是海底，总希望有听到并且一同歌唱的伙伴。我们远离世俗，想象着一片航行的国土，巨大的风帆组成高山与大陆，到处可见白色的海鸥与蓝色的大鲸。这里住着老子、庄子，住着尼采、莫扎特与梵高，住着李白、杜甫，也有安徒生带着所有童话中的朋友，达芬奇与他深思的一切——以及许许多多高尚而清醒的思考者。从未被世俗与污浊蒙蔽，心怀纯真与与生俱来的明亮笑容。还有深沉而悲伤的流浪者，受尽坎坷的耕耘者。一切都自远古来，通向真实永恒，一切都是被我们遗忘的自然与美好。

我怀着真挚的期待将我的诗唱出，致所有心怀理想者，所有行走在路上追求自由与真理的孤独者，请将我充满祝福与同样清冽的诗盛满你们的酒杯！